Vente du Lundi 24 Janvier 1876,

SALLE N° 8.

DESSINS

MODERNES

EXPOSITION PUBLIQUE : Le Dimanche 23 Janvier 1876,

DE UNE HEURE A CINQ HEURES.

<table>
<tr><td>M° CHARLES PILLET,
COMMISSAIRE-PRISEUR,
10, rue de la Grange-Batelière.</td><td>M. BRAME,
EXPERT,
47, rue Taitbout.</td></tr>
</table>

CATALOGUE

DE

DESSINS MODERNES

PARMI LESQUELS

14 Aquarelles par BARYE, et 12 Dessins par MILLET

ET AUTRES PAR

Andrieux, Bonvin, Delacroix (Eugène),

Gavarni, Granville, Lamy (Eugène), Meissonier,

Pille, Regamey.

DONT LA VENTE AURA LIEU

HOTEL DROUOT, SALLE N° 8

Le Lundi 24 Janvier 1876,

A deux heures.

Par le ministère de **Me CHARLES PILLET**, Commissaire-Priseur,
10, rue de la Grange-Batelière,

Assisté de **M. E. BRAME**, Expert, 47, rue Taitbout,

Chez lesquels se trouve le présent Catalogue.

EXPOSITION PUBLIQUE : Le Dimanche 23 Janvier 1876,

De une heure à cinq heures.

CONDITIONS DE LA VENTE.

Elle sera faite au comptant.

Les adjudicataires payeront *cinq pour cent* en sus des enchères.

Paris. — Typ. PILLET fils aîné, 5, rue des Grands-Augustin.

DÉSIGNATION

ANDRIEUX

1 — Bal champêtre.

Aquarelle.

2 — Vive M. le Maire!!!

Aquarelle.

3 — Avant la revue.

Aquarelle.

4 — Une Escapade.

Aquarelle

5 — Le Retour.

6 — La Déclaration à la campagne.

    Aquarelle.

7 — Départ pour la chasse.

    Aquarelle.

8 — Rencontre de cavalerie.

    Aquarelle.

ANASTASI

9 — Vue de Hollande.

    Aquarelle.

BARYE

10 — Le Serpent bo .

    Aquarelle.

11 — Serpent dévorant une biche.

Aquarelle.

12 — Élan descendant une roche.

Aquarelle.

13 — Biche courant.

Aquarelle.

14 — Lion couché.

Aquarelle.

15 — Tigre sur le dos.

Aquarelle.

16 — Biche au repos.

Aquarelle.

17 — Lion flairant.

Aquarelle.

18 — Rhinocéros.

Aquarelle.

19 — Emouchet sur une branche.

Aquarelle.

20 — Cerf,

Aquarelle.

21 — Tigre couché.

Aquarelle.

22 — Biche mourante.

Aquarelle.

23 — Cheval blanc en liberté.

Aquarelle.

BONVIN

24 — Religieuses.

Dessin.

25 — La Couturière.

Dessin.

26 — La Repasseuse.

Dessin.

27 — Le Porteur d'eau.

Dessin.

28 — Jeune Bretonne en prière.

Dessin.

BROWN

(J.-L.)

29 — La Sentinelle.

Aquarelle.

30 — L'Avant-poste.

Aquarelle.

CAPOBIANCHI

31 — Le Repos.

Dessin à la plume.

DELACROIX

(EU ÈNE)

32 — Tigre se désaltérant.

Dessin.

33 — Arabe de Tanger.

Aquarelle.

DORÉ

(GUSTAVE)

34 — Le Bûcheron et la Mort.

Dessin.

DUPRÉ

(J.)

35 — Paysage.

GAVARNI

36 — Mon Antoine!! finis, tu m'excites à la débauche.

Aquarelle.

37 — La Balayeuse.

Aquarelle.

GRANVILLE

38 — Tout n'est que saltimbanque.

Dessin à la plume.

HARPIGNIES

39 — Le Soir.

Aquarelle.

LAMI

(EUGÈNE)

40 — Le Triomphe de la méthode polonaise.

Aquarelle.

41 — Les Vieux camarades.

Aquarelle.

42 — Fêtes de Versailles (l'armée).

Aquarelle.

MEISSONIER

43 — Le Tapin Olivier, dit Flagado, 4ᵉ de ligne, 3 du second.

Dessin.

MILLET

(J.-F.)

44 — Berger et troupeau de moutons dans une
forêt (l'hiver).

Dessin.

45 — Femme trayant une vache.

Dessin.

46 — La Fileuse.

Aquarelle.

47 — Femme gardant une vache.

Dessin.

48 — Le Berger.

Dessin.

49 — La Veillée.

Dessin.

50 — L'Hiver (les Bûcheronnes).

> Dessin.

51 —· Le Marchand de pommes de terre.

> Dessin.

52 — Le Repos (midi).

> Dessin.

53 — La Famille.

> Dessin.

54 — La Baratteuse.

> Dessin.

55 — Chevaux à l'abreuvoir.

> Dessin.

MILLET

(J.-B.)

56 — Route de Barbizon.

> Dessin.

57 — Village de Chaillies.

Dessin.

PILLE

58 — Sous le Directoire.

Dessin.

REGAMEY

59 — Le Trompette.

Dessin rehaussé.

60 — Le Grenadier.

ROBERT

(LÉOPOLD)

61 — Les Moissonneurs.

Superbe épreuve avant la lettre.

ROUSSEAU

(TH.)

62 — Barbizon, paysage.

Dessin.